Orijinal adı: The Star Of The Show
Published in 2021
First published in the UK by Igloo Books Ltd

Copyright © 2021 Igloo Books Ltd

Türkiye yayın hakları: © 2021, Türkiye İş Bankası Kültür Yayınları
Sertifika No: 40077

ISBN: 978-625-405-943-8 - Genel yayın numarası: 5430
1. Basım: Şubat 2022

Yazan: Claire Mowat - Resimleyen: Leire Martin
Çeviren: Ülker Yıldırımcan - Editör: Nevin Avan Özdemir

Bu kitabın hiçbir bölümü, yayıncının yazılı izni alınmaksızın herhangi bir elektronik ya da mekanik yöntem kullanılarak kopyalanamaz veya yayınlanamaz.

Baskı: GOLDEN MEDYA MATBAACILIK VE TİCARET A.Ş.
100. Yıl Mah. MAS-SİT 1. Cad. No: 88 Bağcılar / İstanbul
(0212) 629 00 24 - Sertifika No: 45463

TÜRKİYE İŞ BANKASI KÜLTÜR YAYINLARI
İstiklal Caddesi Meşelik Sokak 2/4 - Beyoğlu 34433 İstanbul
Tel: (0212) 252 39 91 - Fax: (0212) 252 39 95
www.iskultur.com.tr

İŞTE GÖSTERİNİN YILDIZI

Giyinme Odası

Yetenekli hayvanların hepsi **şarkı** söyleyip **dans** edebiliyordu. Heyecanla hazırlandıkları yeni gösterinin ise bir tek eksiği vardı.

Gösterinin yeni **yıldızının** kim olacağına karar vermeliydiler. Tek boynuzlu at, ayağa kalkıp "Ben biliyorum!" dedi.

Köpek "Kusura bakma ama," dedi, "bence yanılıyorsun. Çok güzel şarkı söyleyen birini gözden kaçırıyorsun."

"O da benim," dedi sonra. "**Ufacığım**, çok **sevimliyim**. Güzel güzel giyinip şarkı söylerken, acayip tatlı biriyim."

"Hımm," dedi lama. "Bence sende de var bir yanlış. İçimizde bir başkası, yıldız olmak için yaratılmış."

La, La,

... diye şarkı söyledi lama, şahane elbisesiyle.
"Öyle hoş olacağım ki, inanamayacaksınız gözlerinize."

Tembel hayvan da lafa karıştı, her zamanki gibi esneyerek. "Yıldız ben olmalıyım," dedi. "Gösteriye **eğlenceli** bir yıldız gerek."

"Büyük bir YILDIZ olurum!" dedi tembel hayvan.
"Seyirciler bayılır bana, alkışlarlar hayran hayran."

Zürafa "Öyle yavaşsın ki," dedi, "hem de pek kısacıksın. Gösteride yıldızlaşmak için **upuzun boylu** olmalısın!"

Zürafa "Afişin en üstünde ben olmalıyım!" dedi. "Beni seçin! Uzun da boyluyum, herkes önce beni görmeli."

"Hayır, hayır! Başrol **benim** olmalı!" diyerek bir ağızdan bağrıştılar.
Parlamak istiyordu hepsi, birbirlerine surat astılar.

Birden harika bir ses duyuldu; kavgayı bıraktılar.

Birbirlerine bakıp "Bu da **kim**?" diye sordular.

Sesin sahibi hakkında yoktu **hiç** fikirleri.
Sesin peşinden gittiler. Derken bir de baktılar ki...

Japon balığıydı bu! Kulisteki kavanozunda şarkılar söylüyordu! Köpek gülümseyerek "Başrolde kim olacak, artık biliyorum." dedi. Herkes mutluydu, anlaşmışlardı sonunda. Gösterinin yıldızı olacak tek kişi vardı burada!

"Japon balığı," dedi tembel hayvan, "Ne harika sesin var!
Bizim yıldızımız ol. Alkış al, dünyalar kadar."

Gösteri şahaneydi, bütün seyirciler alkışlıyordu. "Bravo! Bravo, bravo Japon balığı! Arkadaşlarına da bravo!"

Japon balığı "Ben tek başına değilim," dedi. "Burası bizim sahnemiz.

Hep birlikteyken biz, yıldızlardan oluşan muhteşem bir ekibiz."

BAŞROLDE

Yumuşacık sesli süper yıldız

Japon Balığı

"İzlediğim en mükemmel gösteri!"

"Tam altı yıldız!"

Tek Boynuzlu At

Köpek

Lama

Tembel Hayvan

Zürafa